Por
um
Triz

Jorge Miguel Marinho

Por um Triz

Rio de Janeiro, 2023

Por Um Triz

ISBN: 978-65-81275-58-7

Impresso no Brasil — 1ª Edição, 2023 — Edição revisada conforme o Acordo Ortográfico da Língua Portuguesa de 2009.

Dados Internacionais de Catalogação na Publicação (CIP) de acordo com ISBD

M338p Marinho, Jorge Miguel

Por um triz / Jorge Miguel Marinho. - Rio de Janeiro : Faria e Silva, 2023.
96 p. ; 13,7cm x 21cm.

ISBN: 978-65-81275-58-7

1. Literatura brasileira. 2. Romance. I. Título.

2023-945 CDD 869.89923
CDU 821.134.3(81)-31

Elaborado por Odilio Hilario Moreira Junior - CRB-8/9949

Índice para catálogo sistemático:
1. Literatura brasileira : Romance 869.89923
2. Literatura brasileira : Romance 821.134.3(81)-31

Atuaram na edição desta obra:

Revisão Gramatical
Alessandro Thomé
Renata Vetorazzi

Diagramação
Joyce Matos

Capa
Beatriz Frohe
Marcelli Ferreira

Editora **afiliada à:**

ASSOCIADO

Faria e Silva é um selo do Grupo Editorial Alta Books.
Rua Viúva Cláudio, 291 — Bairro Industrial do Jacaré
CEP: 20.970-031 — Rio de Janeiro (RJ)
Tels.: (21) 3278-8069 / 3278-8419
www.altabooks.com.br — altabooks@altabooks.com.br
Ouvidoria: ouvidoria@altabooks.com.br

Para a Gisele,

Porque sim,
Além de tanta generosidade
Nas mãos.

"Assim como no trem da vida
o desastre pode acontecer por um triz
e a estrela impossível também,
a folha seca, esquecida e anônima
no trilho
jamais é matéria de fotografia
e, que pena!,
há tanta natureza viva
ou morta
num olho distraído."

Jorge Miguel Marinho

"Por que publicar o que não presta? Porque o que presta também não presta. Além do mais, o que obviamente não presta sempre me interessou muito. Gosto de um modo carinhoso do inacabado, do malfeito, daquilo que desajeitadamente tenta um pequeno voo e cai sem graça no chão."

Clarice Lispector

"Acho que sou descendente daqueles rapazes do Cairo, que entravam num café e contavam histórias em troca de algumas moedas, histórias hoje conhecidas como As Mil e Uma Noites."

Ernesto Sabato

Sumário

"Como você sabe,
eu não tenho a
menor noção de
transmigração
das almas e
paradoxalmente sou
o próprio susto do
depois."

Pinheiros, um doce exílio

Um pouco de calma, amigo. Eu já te conto a história já. É que você também mora aqui em Pinheiros e, você sabe, não dá para evitar. Pior é que eu sou carioca e não troco Pinheiros por Ipanema. Não troco mesmo — nem que me fosse dada a graça de apalpar a barriga grávida e amorosamente atrevida da Leila Diniz. Lembra, lá em Ipanema, em agosto de 1971?

Acredite, meu bom amigo, Pinheiros é uma questão de escolha, destino, estigma. Você também não se sente assim? Pinheiros é nossa moradia externa, nossa casa interior. Clarice Lispector nasceu lá na Ucrânia, num minúsculo lugar chamado Tchetchelnik, e escolheu o Brasil. Meu território não chega a tanto, Pinheiros me basta sem que eu precise pôr os pés na Consolação, que, por justiça, nunca foi mais que um aclive desnorteado só para eu chegar aqui.

No fundo mesmo, naquela nossa geografia mais desconhecida, Pinheiros me transcende, é metafísica pura, ruas tão presentes, com um certo trânsito para o além. Se eu te disser que chego a imaginar o sexo de Deus quando mastigo um pastel no Sacolão, você acredita? Sem sair daqui, faço viagens inacreditáveis nas vielas e becos, na complacência reta e na arquitetura imutável da Cardeal Arcoverde, nos bares e botecos da Vila Madalena, que é uma terceira perna de Pinheiros, enfim, nos descaminhos da imaginação. Que seja — Pinheiros é meu modo de ver.

Agora mesmo eu vi um velho de bengala se equilibrando no viaduto da Teodoro Sampaio, sorrindo para uma banca de frutas que parecia se guardar para ele como uma última doçura. Foi o bastante para a vida surgir prosaica e companheira, real como a maçã que ele não chegou a morder. Pinheiros tem muitas pessoas sozinhas como esse velho, e é incrível como a solidão de Pinheiros busca a solidariedade. E ela vem. Daqui a um instante, quando eu começar a contar a história que eu trouxe, você entenderá melhor o que já faz parte da sua comunhão com esse território de quem vem para ficar. Um momento só, que é o tempo de uma breve confissão.

Há alguns anos decidi pelo meu exílio em Pinheiros — aqui é o meu lugar, compreende? Não se trata de perseguição política, asilo geográfico ou muito menos pátria que me dá guarida e me faz sentidamente estrangeiro longe do meu país. Como você sabe, eu não tenho a menor noção de transmigração das almas e paradoxalmente sou o próprio susto do depois. Mas apenas para reforçar os desígnios do acaso, mesmo porque todo o meu sentido de transcendência só sabe morar no rés do Largo da Batata, eu indiscutivelmente não nasci aqui em nenhuma outra encarnação. Eu sei e não há mistério nisso, porque as esquinas me dizem sem rodeios. Porém, embora exista um fundo ideológico nessa minha doce e terrena moradia, sinto mais como um impulso cosmogônico, a bendita fatalidade da existência, um refúgio ancestral. Sinto, e é assim que eu resido em Pinheiros, é assim que eu moro em mim. Sou igual à doceira da história que eu já te conto já. Ela também fez de Pinheiros um doce exílio, uma enseada definitiva, assim como eu. É isso, amigo, Pinheiros é minha segunda pele, provavelmente a dela também. Posso até aceitar que Ipanema seja o bairro mais famoso do mundo, ou quem sabe seja Quartier Latin, ou Harlem, ou Brooklyn. É possível. Mas, de todos os bairros dessa vida tão corretamente terrena, Pinheiros é o melhor.

Esse jeito de ser deve ter evidências históricas, mas é mais uma questão de carência afetiva que foi se avizinhando, depois fixou residência definitivamente aqui. É, é mesmo, não estou barateando não. Você já deve ter percebido isso, até mes-

"Porém, embora existista um fundo ideológico nessa minha doce e terrena moradia, sinto mais como um impulso cosmogônico, a bendita fatalidade da existência, um refúgio ancestral."

mo experimentado, naquela nossa camada mais furtiva de viver — tanto os moradores quanto os passantes, como se fossem possuídos pela paixão e pela compaixão de existir, se entregam à geografia concreta, e ao mesmo tempo diáfana, de Pinheiros para suprir os vazios do tempo ou a fome das aves esquálidas e extraviadas ou o silêncio do desamor. Em Pinheiros, as pessoas se amam demais, distraidamente eu concordo, mas é um amor sem limite como a doceira que você já vai conhecer sentiu antes de ir. Nisso ele não tem a menor originalidade, é o que é.

Antes de entrar logo nessa história, quero apenas dizer o que naturalmente você já sabe, por uma simples necessidade minha de confessar. Tenho urgência de dizer por dizer, sem o menor escrúpulo, que Pinheiros é uma prece para quem vive as necessidades mais imediatas da vida ou para quem amanhece com aquela melancolia que se instala como única motivação. Em Pinheiros, as pessoas são muito persistentes, aqui só se morre por distração. Mas Pinheiros é também tão dissimulado, é uma mulher mentirosa que encanta outras mulheres com uma indecente flor de isopor. É igualmente um homem com a mesma flor na lapela ou nas mãos. É turbulento e compassivo, discretamente doloroso nas vísceras, alegre quando a alegria é a urgência maior. Pinheiros é tão barulhento, é tão humanamente brasileiro, é tão afetivo na arte de dessofrer!

Por falar nisso, olha essa balconista fatiando o queijo, trêmula e lívida como o próprio ofício, e a consumidora obsessiva, ungida de paciência dos pés à cabeça, as duas fazendo de conta que essa vida é uma tragédia de irmãs. Repito para você não esquecer: Pinheiros é tão humanamente brasileiro, é tão afetivo na arte de dessofrer! É conservador também. Basta olhar para ver que a Teodoro Sampaio jamais deixará de ser uma rua de paralelepípedos com bonde e um Bazar 13 cabalisticamente invisível. E é lírico, irritantemente lírico, a ponto de entrar em convulsão nostálgica lembrando os antigos pinheiros ou fazer da fuligem quase chumbada na atmosfera uma motivação para chorar. Pinheiros é cinza, cinza é a sua cor.

Gosto tanto de Pinheiros, é minha porção mais extraterrena e a minha carne mais humana, é o que é possível ser.

Pois foi aqui mesmo, nesse meu doce exílio onde cada centímetro de ar guarda uma façanha, uma crônica escavada do mundo mais miúdo, uma tragédia universal, que aconteceu uma pequena história, uma história muito pequena mesmo, quase um esquecimento. Escute só.

Foi um amigo que me contou. E, quando um amigo conta um caso, a maior sinceridade nossa é acreditar. Ele tinha uma velha amiga doceira, aqui de Pinheiros mesmo. Ela era imbatível nos fios de ovos, nas bombas de chocolate, além do seu arroz-doce digno dos anjos. Aliás, ela era muito religiosa, frequentadora assídua da Igreja do

“Pinheiros é tão
barulhento, é tão
humanamente
brasileiro, é tão afetivo
na arte de dessofrer!”

Calvário, e talvez por isso vivesse improvisando orações enquanto inventava confeitos cada vez mais impossíveis. O segredo do arroz-doce era cozinhar os grãos só no leite e deixá-los de um dia para o outro de molho no leite de coco, ao som da Ave-Maria de Gounaud. O meu amigo e a dona Maria conversavam muito na Praça Benedito Calixto: sobre o trânsito de São Paulo, o MST, ultimamente sobre o choque entre palestinos e judeus. Qualquer assunto terminava sempre com uma indagação metafísica: "Mas o que é que nós estamos fazendo aqui nessa Terra de loucos?" Pois ela morreu na semana passada de parada cardíaca, quando terminava de confeitar um bolo de nozes que estranhamente apareceu mordido numa das bordas de glacê. Morreu com 83 anos sem deixar herdeiros, tranquila como uma bolha de claras em neve que estoura silenciosa e repentinamente. Foi sepultada no Cemitério São Paulo numa manhã chuvosa de sexta-feira, na companhia dos amigos mais íntimos, que depois se lambuzaram de doçuras e glacê atendendo a um último pedido dela, pedido que foi decifrado de uns poucos monossílabos quase sem voz.

A velha doceira era solteira e só. Por isso mesmo, antes já havia cuidado do testamento e coube a cada um dos muitos amigos, quase todos de Pinheiros, uma pequena parte do seu reino de açúcar e orações. O meu amigo recebeu um livro de receitas escrito e publicado por ela mesma, com alguns doces difíceis de acreditar. Mas o que o deixou verdadeiramente intrigado, a ponto de me telefonar pedindo ajuda, foi uma folha de papel-bíblia dobrada, bastante envelhecida e amarelada, quase em decomposição, com uma nova versão dos dez mandamentos, que caiu do livro. Uma boa pitada de prepotência talvez, quem sabe uma ousadia imperdoável no trânsito entre a terra e o céu. Não sei — o que importa é que essa história tinha que acontecer aqui mesmo em Pinheiros.

Não descobrimos se foi ela quem escreveu, entretanto, depois de tantas alquimias no reduto limitado de uma cozinha, não é nada impossível. Não é mesmo, até porque, entre a hipótese de um confeito e a certeza do açúcar, há pecados inadiáveis, alguns muito urgentes, outros apenas necessários, palavras meio açucaradas que se misturam com a acidez de um rancor. Ninguém pensa muito nisso, mas é na cozinha e no intervalo do que é substância doce e uma minúscula pitada de sal que se pode calar um som antigo sem apagá-lo totalmente, inaugurar uma letra inicial que transcende a margem da página como a bolha fervente que estoura, o calor cremoso ou impalpavelmente quente que se dilata e escorre para fora da panela, o recheio quase íntimo de um bolo que grita silenciosamente o seu sabor. O esquecimento da cozinha é um destino — lugar de ajustes, tentativas, revelações. E depois, não é novidade nenhuma que, entre tantos acordos do acaso, a culinária e as palavras passem a vida

"Gosto tanto
de Pinheiros, é
minha porção mais
extraterrena e a
minha carne mais
humana, é o que é
possível ser."

assim tão dadivosas, tão provedoras, tão irmãs, as duas comungando eternamente esse inevitável gesto da natureza humana que é o exercício das porções. Além do mais, a doceira morava aqui em Pinheiros — eu insisto —, o que, convenhamos, é acontecimento mais que iniciático para fazer dessa mulher tão exilada e tão anônima, um arauto do Senhor.

Eu podia contar outras histórias de Pinheiros para você — tive necessidade dessa não sei bem por quê. Talvez porque eu esteja hoje mais exilado do que nunca, vivendo tão dentro de Pinheiros que me vejo desterrado do meu próprio país. Não faz mal. Seja lá como for, a doceira existiu e existe, Pinheiros continua existindo e não seria exagero nenhum se Deus estivesse procurando a sua existência mais terrena justamente aqui. Ponha a mão e sinta como é densa e transparente a espessura desse papel, como eu mesmo disse, quase em decomposição. E leia, leia distraidamente igual aos fiéis dentro das orações:

Dez mandamentos para os dias de hoje

1. Não amarás o próximo como a ti mesmo porque o amor não tem limites nem proporções, mas farás da tua simples natureza amorosa o abraço que salva.

2. Lembra-te dos sábados e dos domingos e das segundas-feiras e de todos os dias em que o trabalho das mãos se fizer necessário para celebrar a solidariedade e condenar o desamor.

3. Goza o teu corpo como um sacrário, mas admite as orgias do templo nos altares mais ocultos ou naquela porção de pele que mal sabes que tens.

4. Honra o teu pai e também a tua mãe e com igual fervor o teu amigo, sem jamais desonrar todo e qualquer desvalido, por-

que esta é a tua luta mais primária no mais próximo território teu.

5. Não matarás ninguém em nenhuma circunstância, pois matar, ainda que seja a matéria morta, é teu pecado maior.

6. Não cometerás adultério nunca, mas farás sexo sim com amor e disciplina amorosa, desnudando o corpo seja ele de quem for.

7. Não darás falso testemunho nem mesmo contra o teu pior inimigo, mas pintarás aquarelas, farás versos, erguerás monumentos, inventarás histórias e dirás as mentiras mais impossíveis para tornar justo, humano e real o que pelas leis do céu e sobretudo da terra deve ser justo, humano e real.

8. Fuma, fuma, fuma, porque "fumar é um prazer e faz sonhar" e, com a mesma avidez com que tragas, abre mil e um pro-

cessos contra os malefícios do fumo e os impérios de fumaça, nicotina e alcatrão.

9. Não cobiçarás o que imaginas ser a tua casa — ela é tua — e igualmente saberás que na Terra há terra o bastante para todos lavrarem seu melhor país.

10. Não pronunciarás o nome do Senhor em vão, mas gritarás por Deus em toda e qualquer situação de penúria, sobretudo quando a fome vier da boca e a censura aprisionar o coração.

(escrito num banco quieto e paciente da Praça Horácio Sabino, um lugar exilado de Pinheiros)

"E depois, não é
novidade nenhuma que,
entre tantos acordos do
acaso, a culinária e as
palavras passem a vida
assim tão dadivosas, tão
provedoras, tão irmãs,
as duas comungando
eternamente esse
inevitável gesto da
natureza humana que é
o exercício das porções."

Ela e o gol

Tudo aconteceu como um tiro livre que esfola a parte mais virgem da rede durante um coito ruim. Se ela soubesse um pouco de futebol, teria provado o sentido da humilhação repentina, a bola atravessando o meio das pernas, a vida sendo chutada no centro do seu corpo, como o golpe de um objeto redondo, áspero, cruel. Não sabia dessas coisas, nem tinha tempo para analogias, ela apenas se deixava existir.

Foi assim que aconteceu.

Ela acordou mal. E o mal das manhãs, esse mal pretensamente sem fatos, que mais parece um desconforto ancestral, dor lancinante e inconfessável mesmo para os amigos mais íntimos, esse incômodo de alma entre o escuro da madrugada e um dia que não se quer, é um mal que quase sempre anuncia grandes e pequenas tragédias.

Lá pelas onze horas da manhã, depois de violentar seriamente a perna direita na quina do armário e quebrar dois pratos de uma vez, ela se distraiu percorrendo com a ponta dos dedos um álbum de fotografias antigas. Foi o tempo mais que necessário para a comida queimar. O cheiro da carne assada reduzida a um aleijão preto e esturricado penetrou os poros, o mal ficou táctil, e a vida, cheia de fumaça, ela se sentiu arrasada diante de um incidente, de fato, real. Talvez por isso pudesse experimentar uma tortura boa, mas não. Queimar a comida era o seu deslize mais intolerável, o que parece justo, porque, afinal, ela fracassava nos limites do seu domínio — a cozinha.

Lavou o fogão, jogou a panela no lixo, triturou a gordura mais abstrata da pia com ácido, amoníaco, sabão. Não entendeu direito, mas foi como se apagasse um erro de Deus.

"[...] esse incômodo de alma entre o escuro da madrugada e um dia que não se quer, é um mal que quase sempre anuncia grandes e pequenas tragédias."

Resolveu então fazer um macarrão alho e óleo para o marido, que nunca tinha hora para chegar. Pareceu perfeito preencher o vazio da mesa e o vazio da manhã com uma massa quase neutra e no ponto, qualquer coisa compacta e de sabor que não comprometia. Fez.

Havia tempo ainda e ela se entregou à tarefa amorosa de arrumar o quarto da filha. Começou varrendo o chão e foi como se espanasse taco por taco os dezessete anos da menina, tudo com gestos meticulosamente maternos para não sofrer ainda mais no pico da manhã. Tirou o pó dos móveis, recolheu as roupas usadas, estendeu o lençol e, de uma dobra indiscreta, uma ponta de cigarro escapou. Era maconha e não havia como reconhecer a filha naquela droga de gente grande, gente que só podia existir além da sua casa, depois dos seus portões. Aspirou a droga e sentiu o odor penetrante que o fumo ainda úmido, salivado e pegajoso exalava. Primeiro ela viveu isso com ojeriza, repúdio, um certo asco da mancha no lençol. Depois, medo, um medo visceral, só medo.

Conversar com a menina não ajudou nada, porque o assombro da mãe e a onipotência da filha só reforçaram as distâncias entre duas estranhas no reduto frágil e assustado do pequeno lar. Ela então pegou a bolsa, escovou os cabelos, mais para pensar, e correu para a oficina mecânica do marido, que ficava a quatro quarteirões. Lá também não foi possível conversar — tudo estava quieto, abandonado, vazio. No meio dos carros que pareciam silenciar numa zona de cumplicidade, uns poucos gemidos indecentes e o marido todo nu e suado gemendo com uma outra mulher, provavelmente mais velha do que ela, no banco traseiro de um Gol. Sem se aproximar mais, ela identificou a chapa do automóvel que era dele e dela com sete prestações já quitadas. Odiou o carro, as economias, aquele insuportável cheiro de carne queimada com bituca de maconha e sêmen, suor e graxa aumentando mais e mais. Abriu a bolsa buscando um revólver — não havia, nunca houve.

Percebeu na hora que estava de chinelo Havaianas, o peito doía muito. Decidiu tomar um táxi diretamente para as Clínicas com uma forte esperança de se internar na UTI, único lugar onde poderia se entregar de corpo e alma ao destino de mãos anônimas, medicamentos supereficazes, bisturis. Humilhada e meio enlouquecida, sem entender ou querer entender, achou cinematográfico parar o carro com um simples gesto e no mesmo instante partir.

Não se sentiu melhor na viagem, nem a experiência da fuga fez nascer dentro dela aquela porção de paz que acompanha os exilados. O coração continuava doendo, e o que doía mais era pensar que os dois estavam no banco de trás. Que diferença isso fazia? Muita — o banco traseiro guardava a exclusividade das aventuras clandestinas, o despudor recuado que não podia acontecer de jeito nenhum no Gol que era dela, dele. Lembrou do macarrão alho e óleo, acrescentou ácido, amoníaco, sabão.

Antes de chegar nas Clínicas, exatamente no encontro da Dr. Arnaldo com a Cardeal Arcoverde, ela pediu para o taxista parar. Pagou, desceu, resolveu caminhar do outro lado do Hospital das Clínicas e entrou no Cemitério do Araçá. Caminhou bastante, nem viu o tempo passar. Visitou túmulos, conferiu inscrições, observando detidamente fotos com a data do nascimento e a data da morte. Todos mortos, inexoravelmente mortos, alguns muito jovens, outros velhos demais. Chorou, chorou um choro que já havia nela. E assim, caminhando entre os mortos, colheu um ramo e uma flor ao acaso, se deixou morrer um pouco. Se não morreu mais foi porque visitava geografias desconhecidas dentro dela, fora dela.

Deve ter andado muito, percorrido ruas e avenidas, atravessado jardins e pequenas vielas para chegar ali. Memória do trajeto ela não tinha, mas não se estranhou nem estranhou os homens que gritavam e xingavam junto dela quando ela se viu sentada na arquibancada do Estádio Municipal do Pacaembu, ainda sem se dar conta de que assistia a uma espetacular partida de futebol.

“E assim, caminhando entre os mortos, colheu um ramo e uma flor ao acaso, se deixou morrer um pouco. Se não morreu mais foi porque visitava geografias desconhecidas dentro dela, fora dela.”

"Esse juiz não apita merda nenhuma, cacete", um torcedor muito negro, que ficou roxo de indignação, gritou meio escarrando.

"Acorda, cagão, e chuta essa bola pra dentro, pelo amor de Deus", um rapaz de shorts quase transparente rogou, coçando a virilha com violência.

"Vai, ô dona Maria, mete o pé nessa bola, ô bundão", uma senhora muito bem vestida berrou como se arremessasse palavras da boca impecavelmente maquiada com o movimento rápido e algo descontrolado de um leque de madrepérolas que trazia agarrado numa das mãos.

"Um gol, um golzinho só, mano velho", um vendedor de pipocas suplicou, distribuindo pacotes sem receber, mastigando na boca vazia um pequeno ódio pastoso, branco, grudento.

Por um bom tempo, ela não focalizou o campo, e nem podia — o espetáculo da arquibancada era maior. Ela viu, viu avidamente. Depois se tornou comum, mais anônima ainda, uma mulher quase sem marcas individuais sofrendo a agonia coletiva de um empate, conferindo a vida emperrada no placar. Alguém cobriu a cabeça toda com uma camiseta molhada e começou a rezar, um casal se ergueu e permaneceu com os braços erguidos para o céu, um homem japonês tirou e quebrou os óculos decidido, o estádio inteiro vaiou. O rapaz que estava sentado ao lado esbarrou na perna dela e ela sentiu um cheiro coletivo de suor. Inexplicavelmente, se derramou, cruzando os dedos atrás da nuca e deixando o corpo espaçoso se abrir um pouco para todos os lados. Viu de repente, muito rapidamente, o juiz erguer um cartão vermelho e expulsar um jogador que na hora lembrou o marido dela, pelo jeito de falar e gesticular ao mesmo tempo. Desviou o olhar do campo e recolheu as pernas, tentou fechar os botões do vestido que não estavam abertos. Ouviu uma voz dizendo "tiro de meta, porra" e gostou da expressão. Procurou na bolsa um chiclete com bastante fome, o estômago estava vazio e cheio de ar. Felizmente havia um, era bom quando encontrava as coisas — mastigou avidamente, fazendo barulho.

Talvez tenha sido a criança no colo do pai, que apertava o filho no peito possuído pela urgência de um gol. Pode ser também que tenha sido o suor coletivo, mais forte naquele momento. Era difícil saber de onde vinha o incômodo, porém por um instante ela pensou em fugir daquele lugar em que as pessoas existiam tão desarmadas, suadas, descompostas, sem a menor noção de dor ou alegria, tão humanas, tão reais. Não queria ir embora, não foi. Sentiu alguma coisa roçar o seu baixo-ventre, e como não havia nada embaixo ou em cima dela, ela gritou:

"Vai, vai, vai."

Foi nessa hora que ela visualizou melhor o campo, percorreu o gramado, observou a trave, o banco de reservas, as laterais e, sem se decidir por um dos lados da partida, começou a torcer ardentemente por um gol. Um gol que tinha urgência de acontecer ali e ao mesmo tempo de transcender os limites do campo, um gol profundamente antigo.

Mas o gol não vinha, nem de um lado nem de outro, nem do pênalti que um jogador de camisa branca e preta bateu. Ela não distinguiu bem a cor da camisa, apenas percebeu que na hora do chute a trave se recolheu, diminuiu dois palmos, se fechando com uma certa arrogância para a bola não entrar. A bola não entrou, malvadamente foi espalmada por mãos invisíveis e se entregou ao sossego de uma lateral. O estádio todo silenciou por um momento e em seguida vociferou por inteiro numa única voz.

Houve então uma lembrança, uma lembrança repentina, emergente, toda maternal. Numa das retinas dela, a menos atenta talvez, a imagem de um jogador italiano apareceu batendo um pênalti decisivo na copa de 94 e sendo ludibriado pela trave que se recolheu do mesmo jeito — ela não tinha a menor dúvida. Baggio era o nome dele e Baggio tinha ficado adormecido na sua memória mais guardada como o jogador que é saqueado pela vida e perde aquele gol que sempre tinha sido seu. Lembrou da filha, sentiu um pequeno ódio, que depois cresceu um pou-

“Ela era pouco
abstrata e esmerada
na arte de apagar —
— no fundo, apalpar
a consistência das
coisas, mesmo quando
experimentava um
perfume, era o seu
gesto mais natural.”

co, teve uma sensação irritante de não ter apagado o fogo e outra sensação muito estranha de nunca ter marcado um gol.

Lembrou de Baggio mais uma vez. Era a sua única lembrança de futebol e havia tanto espaço dentro dela para lembrar — ele estava ali parado no meio do campo com a cabeça baixa ouvindo a Itália chorar. Besteira, era apenas uma lembrança, só. No fundo, ela não gostava de futebol, nunca gostou. Não tinha tempo interior para acolher humanamente a disputa agoniada de 22 homens pelo passe de uma única bola. Distanciada por uma fração de segundo, talvez um pouco mais, chegou a pensar na lógica de cada jogador ter a sua própria bola, mas logo apagou esta e outras abstrações por total indisposição. Ela era pouco abstrata e esmerada na arte de apagar — no fundo, apalpar a consistência das coisas, mesmo quando experimentava um perfume, era o seu gesto mais natural. Baggio insistia em permanecer dentro dela preenchendo uma ausência desconhecida, inventando uma razão para a dor do peito que ainda doía. Ela deixou o atacante ficar, era mais que uma lembrança.

"Puta merda, até minha mãe fazia esse gol", aquela mesma senhora dizia agora rosnando com a blusa meio rasgada e manchada de suco, um cílio caindo da pálpebra esquerda e nenhum vestígio de batom.

"Aí, seu mercenário, mete o pé na dividida", ela ouviu sem entender e sem ver quem gritava, indecisa até se era voz de homem ou de mulher, apenas sabendo que era um pedaço compacto do estádio clamando pelo mesmo gol.

Um homem do outro lado, sem fisionomia e sem estatura, porque ela via e não via mais, passou-lhe distraidamente uma latinha de cerveja — ela apalpou a temperatura da lata e bebeu. Entre um gole de bebida e uma tragada de cigarro, um susto e uma carícia, amor e ódio que vinham assim aos pedaços, aos flashes, em arremessos laterais, faltas, abraços agressivos entre os jogadores e pontapés, ela transpirou nos seus recatos mais intocáveis e torceu desesperada-

"O jogo jogava contra a vida, adiava a única finalidade da bola, punha a existência em escanteio — ela descobriu a estratégia do campo e foi como se grudasse a descoberta no meio da testa [...]"

mente por um gol, o gol que era dela, o gol que era de todos.

Muita coisa houve, muita coisa aconteceu dentro e fora do campo: um cartão amarelo, outro, um pontapé por trás no adversário, outro e mais outro, dois gritos abafados de um policial, uma flor e um ramo destruídos pelos pés, um chute na quina da trave, outro por cima dela, outro, muitos, uma defesa de cabeça, um retardamento da bola, uma vaia de cinquenta e sete segundos, treze tiros livres com formação de barreira, um espirro, ânsias de vômito incontáveis, beijos, algumas ereções, três contusões seguidas, a intervenção do médico, a entrada do massagista, o arremesso da bola para além da quadra e mais outro chute numa outra bola que, movida por um imperdoável sentimento de derrota, se escondeu no arrebol. Ela viu tudo, viu mais: um impedimento, outro, tantos impedimentos, um gol anulado que nunca houve, um tiro livre, um chute da área, quase um gol, brigas, discussões, um policial que chora em estado de convulsão, alguém que simplesmente come pipoca, outro que desmaia, é carregado na maca e continua a torcer.

Enquanto ela mastigava outro chiclete, com menos fome e menos violência talvez, um jogador de camisa verde e branca, provavelmente branca, recebeu cartão vermelho, e dessa vez todo o estádio se ergueu ameaçando decapitar o juiz. Ela estranhou, não conseguia entender por que as duas torcidas, por que todos os torcedores ficaram indignados com a expulsão de um atacante qualquer. A partir daí, perdeu a menor noção de adversário — não havia mais um time jogando contra o outro, todos gritavam quase sem voz e muitos chegavam a violentar o próprio corpo clamando por um gol.

Ela pensou mais uma vez no marido, na filha, na carne assada, e foi como se jogasse ácido, amoníaco e sabão em toda a sua história quando afastou um seio do outro para deixar sair o som cortante da sua voz:

"Vai, vai, vai, zero a zero não!"

Nada adiantou, o gol não veio: nem durante o primeiro tempo e o segundo, nem na prorrogação, nem na disputa de pênaltis. O jogo jogava contra e, independente do alvo dos chutes, que eram muitos, a partida tinha lá as suas regras e as suas jogadas que só podiam estar obedecendo ao árbitro invisível de um deus que queima as comidas e só se excita nos bancos de trás, um deus esquecido de todas as torcidas, rancoroso, cruel. O jogo jogava contra a vida, adiava a única finalidade da bola, punha a existência em escanteio — ela descobriu a estratégia do campo e foi como se grudasse a descoberta no meio da testa: "Não, não, não. Que viesse o gol de que lado fosse, porém viesse, um gol para comemorar a vida nas arquibancadas mais anônimas, nas vielas, nos escuros das madrugadas e nas manhãs mais tristes do país. Tudo menos a expectativa de um campo regido pela promessa, tudo menos a contingência da espera quase absoluta, tudo menos a experiência de um pênalti espalmado pela trave e um jogador chamado Baggio chorando sem materializar uma lágrima, um jogador vivendo no meio do campo sem existir."

Não é que sofrer não pudesse, podia. Sofrer não fazia mal se a vida não ficasse zero a zero — ela entendeu como se tivesse entendido sempre.

Alguém deve ter imaginado a vida como ela: um torcedor. Ele gritou, desceu correndo os enormes degraus do estádio, empurrou um bêbado, se desviou de um homem já derrotado, de outro e mais outro, pulou o alambrado, correu, pegou uma bola inútil da mão do bandeirinha, foi chutando e atravessando o gramado, driblou um, driblou dois, driblou três. Driblou o juiz, driblou sete policiais que invadiram o campo, driblou uma presença invisível que provavelmente era um prenúncio da chuva, parou um instante, encheu o pé e alvejou a parte mais virgem da rede com um estupendo gol.

Deve ter acontecido assim, ela não tinha certeza porque a chuva veio para lavar todos os vestígios do jogo e deixar o campo livre para a próxima partida de futebol. Só conseguia ver que o

“Não é que sofrer não
pudesse, podia. Sofrer
não fazia mal se a
vida não ficasse zero a
zero — ela entendeu
como se tivesse
entendido sempre.”

torcedor estava sendo preso, mas não largava a bola de capotão azul. Não teve dúvidas: seguiu o craque como alguém que precisa urgentemente cumpliciar com outro alguém uma descoberta oferecendo a sua parte melhor. Procurou um chiclete na bolsa e sumiu.

Três dias depois, voltou para casa e assumiu as tarefas domésticas com esmero, talvez um pouco silenciosa demais, mas esmero mesmo. O que causou estranheza no marido, que nesse dia não tinha dinheiro para pagar três duplicatas do banco Itaú, e também na filha, que tentou se explicar e não conseguiu — foi uma bola de capotão azul que ela pendurou do lado direito da cama, aparentemente como um arranjo tolo, agora sendo o seu primeiro troféu.

A parte mole do caranguejo

Foi como uma lâmina no tempo imóvel quando nada mais havia do que vontade divina atormentada pelo delírio da criação. Um instante depois de ter planejado, criado ou emanado mentalmente o Céu e a Terra para dar forma e substância ao que nunca tivera começo e nunca teria fim, insatisfeito e possuído de vazio, o Criador fundiu sonhos, planos e espaços clamando pelo infinito com sua voz cortante e ainda sem tonalidade solar: "Faça-se a Luz."

Aretz Aôr Albumansur, astrólogo que influenciou Nostradamus e desvendou a face colérica de Urano.

A leitora vai me entender, supondo que a alma feminina seja mais sensível às ciências ocultas e aos sussurros dos deuses. Dizem que eles são impiedosos, embora bastante inventivos. Por isso, eu trouxe à luz a epígrafe de Aretz, que não deixa de ser um gesto criador. Não que eu acredite em astrologia, que fique bem claro. Acho apenas que essa pseudociência milenar é um ótimo pretexto poético para se descobrir cavernas na arqueologia do ser. Sou completamente avesso a mistérios físicos e metafísicos, a tudo o que é refratário à inteligência lógica, sentimento este que se traduz num ceticismo radical em relação a toda e qualquer premonição astral.

Entretanto, algumas evidências provocam no meu pretenso zodíaco, cujo signo a leitora jamais saberá qual é, algumas emanações psíquicas que, aos olhos dos menos avisados, poderiam dar a impressão de um beato secular. Nada tão estranho assim — apenas uma tendência orgânica a incorporar tensões externas. O absurdo é que a retórica astrológica não hesita em atribuir a tais subterrâneos uma personalidade excessivamente contraditória e mutante devido a um dos doze ascendentes determinado pela minha casa astral, que também não pretendo confessar. Por sorte ou por azar, esse meu sobressalto emotivo é momentâneo, sem dúvida alguma um tipo de transtorno especular que se explica pela necessidade involuntária que cada um de nós tem de se ver uns nos outros. E chega: não estou aqui para me contar.

O protagonista dessa história, que eu conheci numa certa ocasião, se chama Jorge e veio ao mundo no dia 8 de julho, tendo a Lua como astro regente sob o jugo da casa VII, determinando assim que seu ascendente fosse Câncer também. Com duplicação do próprio signo, esse homem percorria a vida como uma espécie de essência astrológica, caranguejo genuíno, canceriano de corpo e alma ou, se a leitora preferir, matriz astral. Explico melhor: quando Jorge nasceu, o seu signo solar com ascendente e variáveis estava completamente em Câncer, e esse trânsito definiu o seu caráter obstinado, essencialmente intuitivo e maternal.

Porém Vênus, o astro do amor, gravitava em Gêmeos, enquanto Marte, o planeta da sexualidade, transitava por Scorpio. Foi esse trajeto que provocou uma alquimia de emoções aquáticas e desejos aéreos que fizeram Jorge naufragar na substância volátil da imaginação. Ele era e sempre havia sido um homem aquoso, nada menos do que torrencial nas situações mais prosaicas, até mesmo banais ou apelativas, que faziam Jorge chorar copiosamente no colo da novela das seis. Imagine, leitora, o que estava predestinado a acontecer com esse canceriano visceral nas casas do sexo e do amor.

O elemento fogo quase não aparecia na sua carta astrológica, mas isso não passa de uma investigação periférica porque, na sua existência de fato, a estatura de Jorge, com um metro e setenta e nove centímetros, e a sua dimensão anímica um tantinho menor eram movidas por labaredas que, mesmo recolhidas, prenunciavam pequenos e grandes ímpetos de um vulcão sempre pronto para inflamar.

Jorge estava separado da mulher havia seis meses. Ela se chamava Virgínia e era pleonasticamente de Virgem, o que explicava o tipo bem loiro e um porte decidido que detestava surpresas e era capaz de renunciar ao casamento em nome da estabilidade emocional. Foi isso que ela fez. Quanto a ele, um canceriano longe da família, se tornou uma mãe rancorosa e sem destino, um caranguejo desalojado do seu casco, expondo ao sol escaldante a sua parte mole e vulnerável, enfim totalmente exilado da sua morada interior. Eu asseguro à leitora, até por conta da minha aderência à compaixão, que Jorge sofreu muito nesse período, quase se matou. Ficou depressivo, meio suicida, foi definhando, definhando, até que apareceu na sua vida uma nativa de Escorpião, com sua cauda sinuosa e aparentemente adormecida, mas inflamada de um veneno tão libidinoso que o melhor que um homem pode fazer nas garras desse zodíaco é se deixar morder no calcanhar. Fiel ao seu espírito trágico, ele se deixou ferir. Isso mesmo: bastou Jorge deitar os olhos sobre Marcela no caixa automático do Banco do Brasil, na agência de Pinheiros, para se apaixonar. Na hora, fez de conta que não, acendeu três cigarros seguidos, precisava antes pisar um terreno sólido, se sentir acolhido em território seguro cobrindo a parte mole com uma armadura medieval.

Não houve saída: Jorge foi atingido por uma minúscula flecha de espessura quase invisível bem na altura da região esquerda do peito, onde se alojava a parte mais mole da sua anatomia astral. Isso mesmo, o coração.

É claro que os deuses ajudaram um pouco — nas tardes frias, eles adoram provocar acidentes de trânsito ou desnortear os corações.

Por acaso, quando ela saía do caixa automático, tropeçou no mármore do destino, que era um degrau mesmo, e nesse aparente encontro de semelhanças, ele água e ela água também, os dois escorreram liquidamente pelo chão. Não estou metaforizando não, os dois caíram de fato, primeiro ela, logo atrás ele, tentando ampará-la, mas no fundo reiterando o ritual que abre passagem para a mulher ir na frente, ainda que seja para ser vítima de um empurrão do céu.

Não se esqueça, leitora, de que Câncer é o signo da acolhida, hospitaleiro, braços abertos para o outro, e Jorge foi delicadíssimo, é claro. Ergueu a moça, recolheu a bolsa, ofereceu um lenço

“Não que eu acredite
em astrologia, que
fique bem claro.
Acho apenas que
essa pseudociência
milenar é um ótimo
pretexto poético para
se descobrir cavernas
na arqueologia do ser.”

branquíssimo e teve uma forte sensação na espinha dorsal de que um casco começava a crescer, supondo ter encontrado a sua outra metade. Ela se despediu, disse que morava ali mesmo a uma quadra, agradeceu, sussurrou o endereço, quase imperceptível. Para quem estivesse filmando, ela caminhou como se partisse definitivamente. Pura impressão: qualquer uma de vocês com essa sutileza feminina para as coisas do além poderia ver que Marcela carregava na camada mais sedutora da sua cauda, como os deuses queriam e muito, o ser e o tempo de um canceriano: o coração.

Ao contrário de mim, que pouco importo aqui, Jorge era simpatizante da astrologia, talvez um tanto obsessivo por força da Lua sempre distante, solitária, cinzenta e caprichosa, aparentemente dadivosa e tão hermeticamente infeliz. Pois ele amanheceu de lua e foi até à sua biblioteca, leu e releu os prognósticos de Escorpião para os próximos dias e se ofereceu para Marcela pela primeira vez. Imaginou um jantar, convidou, e ela naturalmente aceitou.

As mulheres de Escorpião são impetuosamente decididas, ao contrário dos cancerianos, embora os dois tenham o sentido do paladar muito apurado. Tanto é assim que, se você, leitora, um dia estiver seduzida por alguém de Escorpião, não subestime as delícias de uma refeição requintada. Enquanto Câncer adora a textura macia e o gosto algo aveludado de um suflê de amêndoas, Escorpião não resiste a uma lagosta de Newburg, acompanhada de ananás, que foi justamente o que ele preparou para ela durante uma tarde inteira.

A culinária é um excelente cartão de visitas, porém o metabolismo feminino é um satélite imprevisível: Marcela era alérgica a qualquer tipo de crustáceo, e a pizza de cogumelos pedida às pressas só fez aguçar nela aquele silêncio impiedoso, tão natural em quem viveu na superfície dura das rochas desde tempos imemoriais — a inconveniência da comida também acordou nela a sua intolerância com os pequenos acidentes triviais. Durante todo o jantar, ela reinou majestosa nos castelos do silêncio e daquela solidão lunar.

No fundo, por baixo das patas apenas insinuadas no corpo e na aura de Escorpião, Marcela se sentia traída, inexplicavelmente traída, com aquele odor penetrante do molho de camarões, e por isso se feria ferindo a parte mole do seu anfitrião:

— Mais água?

— Não.

— Um pouco de vinho?

— Não.

— Eu tenho uma garrafa de gim inglês.

— Não.

Jorge se viu sem raízes e se encerrou dentro do seu casco, imaginando agora que estava prisioneiro e encalacrado na concha. Antes da sobremesa deixada quase toda no prato de porcelana azul, ele teve a impressão de que escavava as areias do deserto para se sepultar. Ficou magoado, chegou a sentir uma pontada no peito que refletiu até o baixo-ventre, se concentrando na virilha e no testículo direito. Foi então que ele

"É claro que os deuses ajudaram um pouco — nas tardes frias, eles adoram provocar acidentes de trânsito ou desnortear os corações."

desejou ardentemente que Marcela pedisse para ir embora, mas ir para sempre, evaporar bem longe dele, se possível, morrer. Ela não chegou a tanto, apenas chamou um táxi e silenciosamente partiu. Ele teve ganas de agarrá-la pelas pernas, enfiar a cabeça entre os seios, possuí-la até ejacular a dor quase em carne viva, não da ferroada, mas do olhar impassível e irado de um escorpião. Nunca faria isso — era canceriano e mesmo na rua caminhava dentro dos seus porões.

Ela bateu a porta e ele ficou melhor dentro das dobras quase maternais dos seus lençóis, que amanheceram manchados de sêmen grosso e pegajoso, quase como se fosse o leite talhado de uma mãe parideira sem filhos para amamentar.

A ejaculação provocada pela falta, pela carência, pela solidão, é uma tragédia, a leitora há de convir. Porém, não é possível evitar: estava escrito nas estrelas, onde o destino é mais cifrado e ao mesmo tempo infalível, segundo uma quiromante que eu conheci na década de 80 e cito aqui apenas por citar. O que interessa é que Jorge tomou um longo banho, fez uma escovação rigorosa dos dentes, cortou os pelos do nariz. Passou o dia tomando líquidos, recusou tudo o que fosse sólido, queria se entregar à experiência mais volátil de viver. Inútil, não há como levitar com tanta animosidade astral, e, sem querer vaticinar, me parece que a única função dos planetas é empurrar os indivíduos para a Terra, que, para todos os cancerianos, é a circunferência da dor. Ainda mais que Vênus estava naqueles dias em que a massa central é pura melancolia, e Marte, maldosamente lúdico e algo indecente, hostilizava os sentimentos do planeta-irmão com rotações quase pornográficas.

Não pense, leitora, que eu não acredite no amor e no sexo como uma alquimia desejável — acontece que os signos de Jorge e de Marcela eram líquidos demais. Ele tentou esquecê-la movido pela mágoa. Ela simplesmente telefonou para ele porque acordou mal dormida, mais aquosa do que o normal.

Combinaram um encontro para a noite num restaurante e Jorge procurou antes seu melhor amigo, que se chamava Rui, atendia pelo apelido de Lobão e fora isso não atendia mais nada que não fossem seus apelos individuais. Não que tivesse a existência ensimesmada do ególatra, muito menos do narcisista, é difícil de entender. Como todo geminiano, Lobão era movido por um certo sentido de divindade pelo simples fato de existir. Jogo de opostos, volúpia pelas pequenas e grandes porções da vida, viagem desnorteada pela superfície da realidade, dispersão. Por isso, tinha a natureza instável de não se fixar em nada, o que parecia irresponsabilidade. Não era, era mais uma busca atropelada de quem sabe, não sabendo que viver é garimpagem obstinada e convite para viagens em territórios sempre indefinidos, embora o Céu e a Terra estivessem tão próximos.

A leitora deve saber que, na mitologia, um dos Gêmeos vive tirando férias no Olimpo e o outro procura a sua imagem na superfície mais rústica do chão. Na existência de Lobão, tudo era trajeto exterior, desvio por atalhos, esconderijo, oscilação. Tinha medo de se ver por dentro e só sabia se ver na reação dos outros, não podia deixar

“Por acaso, quando
ela saía do caixa
automático, tropeçou
no mármore do
destino, que era um
degrau mesmo, e nesse
aparente encontro de
semelhanças, ele água
e ela água também,
os dois escorreram
liquidamente pelo chão.”

pistas no ar, seu elemento essencial. Essa era a raiz de Lobão.

Ele também gostava de astrologia, ou fazia que gostava, e por isso arriscou umas premonições. A intenção do amigo pareceu boa aos olhos do canceriano, que não conseguiram ver os dois lados de Gêmeos. A leitora deve saber também que todo geminiano é avesso à rotina, indeciso, esvoaçante e meio vampiro por uma fatalidade cosmogônica: dificilmente consegue se encarar. Por esse motivo, Lobão fez da história de Jorge e de Marcela um espelho só seu:

— Não deixa ela mostrar as garras, Jorge. Vai chegando e dá logo um beijo na boca, na frente de todo o mundo, encosta peito com peito, mostra que você é o homem, entendeu? Esse é o ponto fraco de todo escorpião — ou ele se entrega ou fica acuado e se mata, não tem saída. E depois, eu conheço essa Marcela...

Rui, mais corretamente Lobão, disse isso semitonando um pouco, fazendo trejeitos efeminados e quase abrindo a braguilha, muito entusiasmado. Por um momento, pareceu viver o lado dele e o lado dos amantes, verdadeiramente envolvido com o drama do amigo, numa estranha performance de homem e de mulher. Jorge não percebeu muito bem, apenas vislumbrou por um instante o rosto de Marcela no contraste entre a barba cerrada e o olhar bisonho e lânguido de Lobão. Estranhou um pouco a coreografia do amigo e, por falta de tempo, resolveu simplesmente apagar.

Foi ao encontro com sérias pretensões de Humphrey Bogart, mais uns toques de James Bond e James Dean. Entrou no restaurante, ela já estava lá espaçosa, com um decote exato, tomando provavelmente uma dose dupla de uma bebida forte — quem sabe não era o gim que malvadamente ela havia recusado naquela noite fatal. Ele ficou parado diante de Marcela, silencioso, encarando fundo aqueles olhos que vinham da idade da pedra, vítreos na primeira mirada, lânguidos como os de Lobão na segunda, absolutamente límpidos naquele fundo meio azul. Percorreu o decote e despiu a amante imaginária apenas com um golpe do olho esquerdo, que pareceu muito vermelho por causa de duas doses daquele mesmo gim que ele havia decidido tomar antes de sair de casa. Olhou mais, teve um impulso de acomodar o pênis num gesto encenado, para garantir um clima. Pareceu grosseiro e desistiu.

Marcela ficou assustada, depois irritada e, por fim, indignada, que é o território mais delicado de todos os escorpiões. Ele não se deu por vencido, nem sequer titubeou, apenas se deixou guiar pela intuição. Agarrou-a pela cintura, ergueu-a um pouco, beijou-a meio chupando os lábios dela, fazendo barulho, ávido e guloso, como se buscasse sorver, com a sua masculinidade canceriana, a cauda e mesmo o aguilhão da amada. Entrou num processo de sucção da boca carnuda de Marcela até sair de dentro dela, como uma porção do corpo que se desprende, uma azeitona que deslizou pela língua de Jorge, escorregou pela garganta e se alojou lá embaixo, numa parte que pareceu mais mole ainda, talvez na alma ou bem depois do coração.

— Devolve, animal!

“Ainda mais que Vênus
estava naqueles dias
em que a massa central
é pura melancolia, e
Marte, maldosamente
lúdico e algo indecente,
hostilizava os
sentimentos do planeta-
-irmão com rotações
quase pornográficas.”

— O quê?

— A minha azeitona!

— Eu engoli.

— Problema seu, devolve.

— Mas como?

— Assim!

Marcela deu um soco definitivo na barriga de Jorge e pegou a azeitona no ar. Nem ele mesmo entendeu.

Para deixar os limites do seu território bem definidos, como é da natureza de todos os escorpiões, Marcela comeu a azeitona, guardou o caroço na bolsa e partiu silenciosamente. Ela se foi, ele ficou bebendo até de manhã. Dizem que Câncer veio ao mundo para expurgar a culpa da própria existência, não sei. Afirmam igualmente que Escorpião é o signo mais cioso da face da Terra, que ele julga ser sua, não sei também. A leitora avalie como achar melhor — apenas considere que o encontro de água com água pode fazer da liquidez dos afetos um lago com pequenos e grandes maremotos no seu brejo mais interior.

Jorge se recolheu mais uma vez por longo tempo. Embora vivesse sozinho, buscou refúgio no quarto trancado a chave, se aninhou debaixo dos cobertores, curtiu um prazer de vítima com lágrimas quase alegres e inflamadas daquele gim, a que faço mais uma referência por entender que uma recusa para um caranguejo pode se tornar um aleijão. Pois esse canceriano chegou a sentir sem dar muita atenção ao fato de que o seu elemento era um rio caudaloso afluindo sempre para o centro, e esse rio virava poças lodosas nos dois pulmões. Ficou resfriado, com dor no peito e completamente febril. Transpirou até aquela mágoa mais encruada e de repente voltou a viver. O primeiro contato com o mundo se fez com Lobão, e as palavras vieram firmes:

— Você não entende nada de mulher, Lobão, eu já sabia.

— Não vem não que você deve ter dado uma vacilada por influência da Lua e ela percebeu.

— Será?

— Estou te dizendo, meu ascendente também é Escorpião e a gente enxerga a alma.

Jorge fechou a jaqueta instintivamente, teve a impressão de ser fotografado por baixo da pele, olhou para os dois lados da vida, o esquerdo e o direito, titubeou, pediu uma carona para o amigo e foi trabalhar.

Umas duas ou três vezes, encontrou Marcela no Fran's Café da Benedito Calixto em colóquio amistoso, quase íntimo, com Lobão. Achou que eles conversavam de mãos dadas, como duas amigas, fosse pelos trejeitos dele ou pela estranha receptividade dela. Orgulhosamente, não entendeu e resolveu se fechar outra vez, agora expondo a sua parte dura como a sua porção mais porosa e melhor.

Deu de sair todas as noites, dormiu com três mulheres numa semana, viajou. Não melhorou — transpirava nas mãos, sentia falta de Marcela, curtia um amor rancoroso com aquela umidade insistente do amor.

Chegou à casa dela meio trôpego, o coração batia descompassado, a boca estava seca. A parte mole pulsava dentro do casco e ele tinha muito medo de viver e mais medo ainda de não viver. Teve a impressão de ver Lobão indo para o térreo pelo elevador de serviço. Não era, claro que não era.

Bateu na porta e entrou na sala disposto a se alojar na cauda de Marcela sem a menor resistência:

— Só sei que eu gosto de você.

— Eu também.

Viveram bem, com amor de sobra na primeira e segunda camadas do amor por noites inteiras, amor quase sempre dadivoso, um ou outro dia mais comedido, porém amor mesmo. O sexo ia e vinha bem, fazia enseada boa e laboriosa, tudo molhado e libidinosamente escorregadio, como se um escorpião e um caranguejo acomodassem suas partes sem garras e sem veneno, cada um descobrindo nos encaixes do outro a delícia de um corpo único, farto sem ser excessivo, bom

"O tempo passou e
outros sentimentos
emergiram: ela curtindo
naturalmente o ódio
das fraquezas humanas,
sem tréguas para o
dela — ele entendendo
o incômodo de odiar,
especialmente o dele."

para os dois. Ouviam música silenciosamente e esse silêncio era conquista dela, sem a menor intransigência de uma cauda, magnetismo talvez. Gostavam de comer sempre juntos, comungando o paladar no mesmo prato, trocando saliva e gosto com beijos que suspendiam e sacralizavam uma refeição. Não sei por que brechas do amor ela passou a apreciar os crustáceos e descobriu que a pele ficava mais viçosa, o corpo mais delgado e ao mesmo tempo espaçoso, as entradas mais úmidas e até oleosas, tudo para ele. Isso foi uma conquista de Jorge sem a menor noção de masculinidade. Passavam semanas juntos e não havia limites para o território alheio, um maciamente na cama do outro, usando a mesma toalha, a pasta de dente, a colônia e até o aparelho de barba, os dois sem nenhuma escamação afetiva, apenas existindo nus, ele e ela penetrando o céu e o mar do corpo numa amorosidade sem conta.

Nesse clímax tão líquido da trama, preciso avisar a leitora de que essa acolhida dos amantes é no mínimo muito estranha para as muralhas de Câncer, para os abrigos intransponíveis de Escorpião. Isso é um fato e não há literatura astrológica que explique ou consiga escavar idílios impossíveis de uma química tão medrosa e encerrada em si. Talvez nem seja necessário chamar a atenção da leitora, é simples demais.

Acontece que um elemento natural e comum a um homem e a uma mulher, no caso a água, nem sempre dá a gravidade ou o contraste necessário ao amor. E tem mais: o que os astros não sabem, e os astrólogos menos ainda, é que essa nossa porção amorosa, se soma afetos, vive mais da contradição. Isso mesmo, leitora: o problema foi o excesso de água, água sedenta de água, água solta e encorpada que vinha de Jorge e escorria de Marcela, água pantanosa fluindo para o abraço exato, para a liquidez do mesmo beijo, para a substância exageradamente molhada do amor. Generosa, eu concordo, porém, encontro espiralado em águas tão iguais, dilúvio afetivo para todo o zodíaco, especialmente para um homem de Câncer, para uma mulher de Escorpião.

Numa certa manhã em que chovia muito, os dois acordaram exaustos de coisa nenhuma, excitados e nervosos com o barulho da rua, com uma secura que começava na língua e invadia cavernas na epiderme mais conhecida, suados até não poder mais. Ou ele ou ela havia deixado a janela da sala aberta e um jato de água para além da sede dele, para além da avidez liquefeita dela, molhou o tapete e foi o bastante para os dois perceberem civilizadamente que naquela morada, agora única, havia um dique na sala, o que, para duas anatomias tão aquáticas e intuitivas, era sinal o bastante de futuras inundações.

Partiram nessa mesma manhã sem saber ao certo quem abandonava quem. Beijaram-se amorosamente, em silêncio, como água dentro da água, e a paradoxalidade dos amantes umedeceu o abandono com um final feliz. Por um instante, é lógico.

O tempo passou e outros sentimentos emergiram: ela curtindo naturalmente o ódio das fraquezas humanas, sem tréguas para o dela — ele entendendo o incômodo de odiar, especialmente o dele.

Lobão passou a fazer visitas semanais a Jorge e Marcela, seduzido por se ver no espelho dela, encantado em poder usar o roupão dele. Secretamente, passou na boca trêmula um novo batom da mulher, roubou excitado uma cueca do homem, colocou na cabeceira da sua cama uma fotografia do casal. Sabia, como todo geminiano, que é quase impossível demarcar as fronteiras do ser e do não ser. Enquanto isso, ele trocava de emprego, mudava de endereço, fazia cursos de cabala e halterofilismo apontando e desviando sempre o alvo interior. Frequentemente acordava lúdico e infantil como Peter Pan, invariavelmente dormia como Dom Juan. Foi num desses extremos que ficou sabendo que Marcela estava grávida dele, do Lobão mesmo, e no dia seguinte fugiu para a Foz do Iguaçu.

Ela não se sentiu rejeitada, muito menos só. Descobriu um centro seguro e ao mesmo tempo móvel na experiência maternal, como se Joana D'Arc pudesse guerrear em Marte sem deixar de fazer o pré-natal na atmosfera brumosa e meio familiar de Plutão. Num dia 3 de dezembro, nasceu uma menina com quatro quilos e doze gramas, e ela deu à filha o nome de América, porque tudo era tão novo, telúrico, continental.

Depois de um ano e treze dias, Jorge foi atender à porta e lá estava, geminianamente, Lobão. Estava magérrimo, com olheiras que vinham de dentro, um pouco aéreo, o que era o seu melhor perfil. Dessa vez, não fez rodeios:

— Eu não tenho onde ficar.

— E daí, seu canalha?

— Nem eu nem você nos demos bem com ela, quem sabe nós dois?

— Você enlouqueceu?

— Não sou eu que estou propondo isso, são os astros.

— Ah é?

— Jorge, foi muita água que correu na sua vida, eu trago o ar e... quem sabe, a cauda que todos nós escondemos por dentro das nossas dobras e nem todos sabemos dar...

Disse isso e sinceramente desmaiou. Jorge ficou perplexo, depois violento, por fim penalizado e, no fluxo das águas, acolheu o suposto amigo, possuído por sua parte mole, mesmo porque socorrer um indigente pareceu de uma nobreza difícil de se desprezar.

Moraram juntos durante seis meses e dez dias. O que aconteceu de fato nessa convivência de Câncer e Gêmeos não se sabe direito. Jorge nunca me contou, eu nunca perguntei. Como disse, detesto a astrologia e acrescento neste exato momento que a psicanálise também. Não sei mesmo, só posso dizer que ele me pareceu assustado, como se perdesse o chão e mergulhasse nas nuvens cuja matéria-prima é água também. De fato, eu não sei. Talvez a física explique que dentro da substância aquática dos cancerianos há sempre um suspeito fogo astral.

Atualmente, Lobão é um dos jornalistas mais importantes desse país e mora com uma aquariana e uma ariana que adora tudo o que diz respeito à Lua Negra ou Lilith, se é que a leitora me entende. Marcela continua solteira, com vagos sobressaltos de vingança, e Jorge se casou com Eva Margareth Dantas, que até então não havia entrado, nem feito falta, na história. É uma virginiana de corpo e alma, como a sua primeira mulher, e igualmente loira, embora muito mais jovem, um tanto quanto consumista, quase sem nenhum conflito interior. Essa nova união, até hoje tão definitiva, prova que Câncer retorna sempre para o seu abrigo mais seguro e, na falta da mãe inesquecível, é capaz de transmutar um simulacro na sua casa mais primordial.

A leitora deve estar conspirando neste momento que, por tudo isso, os astros não mentem jamais, e eu, como não digo o meu signo nem sob tortura, apenas vou pôr aqui um ponto-final.

"Talvez a física explique que dentro da substância aquática dos cancerianos há sempre um suspeito fogo astral."

CONHEÇA OUTROS LIVROS

AUTOR VENCEDOR DO PRÊMIO SÃO PAULO DE LITERATURA

Enquanto caminha pelo palco, ou pela sua imaginação dramatizada, Elias Ghandour passa a sua vida a limpo seguindo as marés imprevisíveis da sua memória. Sua sexualidade, seus pais e sua irmã, sua família, seu amante e suas amizades nos são apresentados sob o pano de fundo histórico não só da vida social brasileira, como também da origem árabe do narrador. Ghandour procura tanto um balanço da sua vida, quanto um pleno conhecimento de si.

AUTOR VENCEDOR DO PRÊMIO JABUTI

"Esses contos-cicatrizes, explorados de maneiras distintas, alteram em grau e substância o caminho dos enredos, o encontro entre os personagens e o desfecho dos relatos; com marcas, nuances e divisas profundas."

Todas as imagens são meramente ilustrativas.